那年，我們的夏天 上

喜歡的初夏

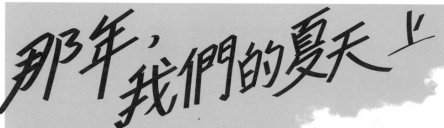

那年，我們的夏天 上

喜歡的初夏

作者 **韓景察**
原作 **李那恩**

人物關係圖

崔雄

國延秀

金志雄

崔雄爸爸

崔雄媽媽

延秀奶奶

崔雄

全校最後一名，
但是個富家少爺。
沒任何想法，只盡情地畫畫，
然後只想平靜地過日子。
在認識國延秀後，所有事情都
變得一團糟。

國延秀

全校第一名。
父母雖因車禍去世了，但她和
奶奶相依為命，生活至今。
她沒有輸給任何人過，直到遇
見崔雄那小子！

金志雄

學生會長。在單親家庭中長大，因此非常渴望愛。
第一個交到的朋友崔雄，把所有的東西都分享給他，就連他的家人也
是。
但是，他卻有了不能分享的東西。

崔雄爸爸

經營著足以稱霸一條巷子的餐廳「與小雄同在」。
比任何人都愛兒子崔雄，但不會在崔雄面前顯露出來。

崔雄媽媽

料理手藝如善良又寬大的心胸一般滿分。
但更充滿了對兒子的愛！

延秀奶奶

失去了大兒子和長媳，但為了養育孫女，都沒有倒下。
不辭辛勞工作，性格因此變得倔強強悍，但對延秀來說是最可靠的朋
友，也是唯一的家人。

目次

我的興趣是盡情地畫畫…

喜歡的東西是睡覺，好像沒什麼討厭的東西…

_小雄

我的興趣是讀書，喜歡韓國歷史或世界史，

最近也很關心環境議題。

往後10年，氣候變遷將會成為世界性的議題。

討厭的事情很多，而這其中也包含了

無時無刻都在打哈欠又愛睡覺的人。

像是在浪費生命一樣，感覺真的非常糟！

_延秀

Episode 1

那年，我們的夏天

慢慢來
沒關係。

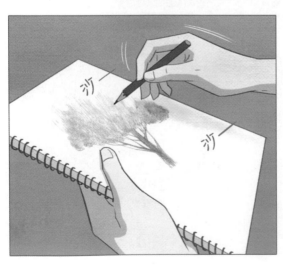

那年，我們的夏天

今天應該是拍不成了，那我就先走了。

不是，再等等！

站起！

延…延秀同學！

正在來的路上了…

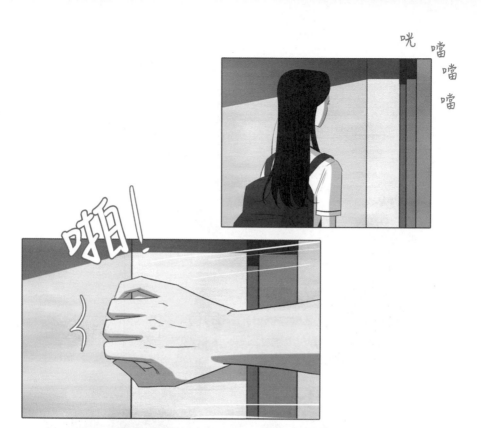

那年，我們的夏天

觀察過著不同生活的韓國高中生的日常，

總之就是在這一個月裡觀察你們兩個的校園生活，你們就像平常一樣相處就好了。

2011 年
青春紀錄片
企劃書

還有他們的煩惱和人生，大概包含了這些內容，

今天只是事前採訪，所以不用緊張，

放輕鬆～放輕鬆～

看起來最不放鬆的人

那麼就先開始自我介紹吧？

小雄同學先開始。

那年，我們的夏天

在這裡
說實話
也可以嗎？

當然～

是我父母
叫我來的。

一瞥

話雖然這麼說，
但也不是非常
不願意啦。

但我不會逃跑的
請放心～

真是…
謝謝呢…

延秀呢？

首先，紀錄片的企劃非常有趣，

再加上這種特別的經驗應該會對以後出社會有幫助，所以就參加了。

啊，當然，

是我自己決定來的。

感覺氣氛
有點不對…

嗯嗯!

那麼說說看你們
平時關注
的事物吧?

喜歡的東西,
或是興趣,
討厭的東西也可以…

然後
討厭的東西
有很多，

時不時
就打哈欠
一直想睡覺
的人就是
其中之一。

感覺就像在
浪費生命，
這種人真的！
很不怎麼樣。

打哈欠

怎麼回事？

怎麼好像
挨了一巴掌
的感覺。

不行了！
要趕快進行
下去才行！

那麼
說說看自己
的夢想吧？

兩位同學，
稍等一下‼

怎麼說
也是拍攝~

不用一直
跟對方唱反調~

就像
平常一樣。

這就是平常的
樣子了啊？

是喔？
哈哈哈…

這時候
倒是很合…

那年，我們的夏天

那年，我們的夏天

好啦
知道啦～

事前採訪
就先這樣
還有什麼
好奇的嗎？

請問簽約金
什麼時候給。

應該明天
就會收到了。

出演費會在
拍攝結束
之後給。

麻煩出演費
支付日定下來
的話再跟我
說一聲。

沒問題～

好～

紀念一下
第一次見面，
要不要一起去
吃飯呀？

先整理完
這些～

一瞥

咳…
咳…

那個剛才…

因為我
遲到了…

抱歉…

那我就
先走了。

咻!

啊?

等等
等一下!

作為紀念，
應該要拍一張
再走啊！

來～友好地
笑一個吧？

往後的1個月要怎麼撐卜去啊？

早知道就不要答應了 TT

_小雄

　　　　　　　　　　　　　　我説

　　　　　　　　　　　　我沒聽到要和他

　　　　　　　　　　　　坐在一起整整一個月！

　　　　　　　　　　　　　　　　_延秀

Episode 2

那年，我們的夏天

哎呦～東日導演，
這次紀錄片
項目不錯喔？

跟學生一起
拍攝應該蠻累的
還好嗎？

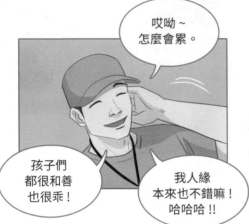

哎呦～
怎麼會累。

孩子們
都很和善
也很乖！

我人緣
本來也不錯嘛！
哈哈哈 !!

我不要 !!!

那年高級中學

這跟一開始說的不一樣啊！導演！

勃然！

並沒有聽說要跟這個人一個月都坐同桌啊！

昨天也坐在一起好好地進行採訪了不要這樣嘛延秀呀~

呆···

這是兩回事吧！

那···那個···

我要看合約書，快呀!!

嘰！

尷尬

那年，我們的夏天

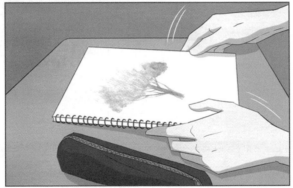

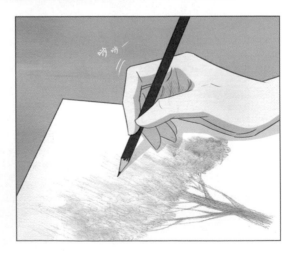

那年，我們的夏天

她真的就是用這種表情說的！

超級恐怖！

看上去沒有那麼偏激啊，真是意外呢。

唉…這樣要怎麼撐一個月啦…

崩潰…

早知道就不參加了…

不管怎樣還是要好好解開誤會啊。

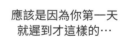

應該是因為你第一天就遲到才這樣的…

那年，我們的夏天

不知道怎麼的我們的開始好像有點誤會…

既然都答應要拍了，之後一個月就拜託了…

那年，我們的夏天

那麼
導演我就
先走了。

該做的
我都做了。

不是啊~!

人家再
怎樣做錯
也道歉了啊,
好歹要接受吧。

一定要
這麼殘忍地
報復才甘心嗎…

啊!
這是什麼啊!

早就叫你
擦掉了
在幹嘛啊!

拿來啦!

這紀錄片應該能順利完成吧？

嗡～

從開始就好累…

嗯？

那年，我們的夏天

大家都
辛苦了~

紀念一下
初次拍攝，
要不要一起
吃個宵夜呀~

空！

聽說國延秀
最近好像
在拍什麼？

全校第一
還不夠，

連節目都
要參加…

真的是
狠角色啊…

怎麼了！
奶奶
在這裡！

奶奶！

找我幹嘛！
又怎麼了！

背後
藏的是什麼？

沒有啦～
哪有藏什麼～

只是智娜
奶奶有事請我
幫忙的～

不是說好
這個月要
休息了嗎!!

就說我已經
有出演費了!!

連這點小事
都不肯讓我做。

奶奶！！！！

勃然！

好啦
知道了！
知道了！
耳朵
都要
聾了！！

我不做總
行了吧？

拿去丟掉！

我會去跟
智娜奶奶確認的！

好啊～

隨便妳啊～
不知道誰才
是長輩啊～

我根本就是
服侍著孫女
過日子啊～

噗哧～

奶奶～
妳孫女肚子餓了～

唉呦～
真是煩死人了～
走開啦!

嘻嘻～

明明就很喜歡～

隔天

吱一

吱一

雄之家

韓式

套餐

滿滿

那年，我們的夏天

我絕對不可能跟國延秀變親近。

倒不如跟我爸變親近一點。

_小雄

我有奶奶就夠了。

不需要什麼朋友！

_延秀

Episode 3

那年，我們的夏天

我的意思是~

趁著拍攝的
機會,也能多認識
新朋友啊~

你要跟在志雄
屁股後面
到什麼時候?

我和國延秀
是不可能變好的。

所以說
你要努力
一點啊~

轉頭!

雄之家

那爸爸
你去啊。

什麼?

你這小子!

啪!

那你去
找她們啊！
幹嘛跟我
在一起!!

哐噹!

就是啊，都怪
我那個時候
沒擦亮眼睛。

知道啦。

唉⋯

噹啷啷!

我拍
就是了。

真的嗎？

轉!

變

臉

咳咳一

拍拍

←志雄

那年，我們的夏天

我只要有
奶奶煮的泡菜湯
就夠了！！

盯著...

在外面
不要人家
給妳什麼就
什麼都吃。

哽咽！

要懂得
挑剔才不會
被瞧不起！

之前不是
還說我吃得
很有福氣嗎？

奶奶怎麼一大早
就在鬧彆扭？

因為我昨天
發脾氣所以
生氣了嗎？

我什麼樣的人
都見過，所以
我很清楚~

延秀雖然看起來
很強勢，但絕對
不是壞人，

所以啊，

您就不用
擔心了！

哼！

我今天
也是擬了
策略來的。

哦~!
你有策略?

?

那年，我們的夏天

那年，我們的夏天

呵呵~這些人~
遊手好閒才是
我的人生啊~

嘩啦啦！

大逆罪人崔公子
接受懲罰吧！！！

嗖！

那年，我們的夏天

那年，我們的夏天

真是熱啊～

乾脆趁這個時候提高成績怎麼樣？

紀念跟全校第一變同桌

一直故意做錯會的題目，你不覺得麻煩嗎？

我爸媽的願望就只是希望我健康長大啊。

我只是在盡孝道。

應該沒料到你會當最後一名吧。

而且如果拍紀錄片還提高成績的話，

起身!

唰唰啊啊～

一定會讓國延秀更囂張，我幹嘛要做那種事!!

突然要打
羽毛球？

一直讀書也是很累，
順便讓頭腦
也休息一下～

我已經
先和班導師
說過了。

但是

同學們應該
不太願意…

那年，我們的夏天

啊！
打到妳了嗎？
抱歉…

那個拍攝還什麼的，
好像很有趣？
看妳還會哼歌~

我才沒哼歌呢？

多一個朋友也不是什麼壞事。

不要總是那樣，趁這個機會跟人家好好相處～

我怎麼會沒朋友！

不就在這嗎？我的好閨蜜!!

哎呦真肉麻～

我只要有奶奶就夠了。

不需要什麼朋友！

...

那年，我們的夏天

我唯一想做的事

就是在輕輕飄搖的樹蔭下，

過著能盡情畫畫的日子。

那平靜的日子在遇見國延秀後消失殆盡了。

_小雄

episode 4

吧唧~

我叫崔雄。
我是含著飯匙出生的。

很多、
很多飯匙。

雄之家辣魚湯　雄之家　雄之家食堂　雄之家　雄之家餐廳

因為懂得感恩，
19 年來一直都是
讓著別人的，

滿
足！

100　0

對任何事
從來就沒有野心！

套餐

唯一，

那年，我們的夏天

盼望的
一件事，

在光影搖曳
的樹蔭下，

搖 曳

能夠隨心所欲地
畫想畫的東西…

自從遇到了國延秀，
那份祥和就破碎了。

這麼一說

第一次
見面的時候，
印象就
不怎麼樣！

那年，我們的夏天

2年前...

2009 年
那年高級中學入學典禮

首席入學
國延秀！

拍手一

拍拍手一

吴...

那年，我們的夏天

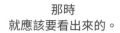
那時
就應該要看出來的。

既然如此，
就不要
怪我無情！

我也是
說做就會
做到的人。

挖掘

國延秀的弱點！

劃

學習

首先肯定不是
學習。

但是，
以考試內容
為主去學習的
模範生們，
大部分都沒有
生活常識。
抓住
這點就行了！

我真是
太敏銳了！

隔天

那年高級中學

鎖定!

哈哈

目標!

嘶一

百科全書

照著
延秀妳上次
說的做之後，

真的很有用～

那些都算是
生活中的
基本常識啦！

果然，
沒有什麼是
延秀不知道的！
真厲害！

哦～
小雄
來啦?

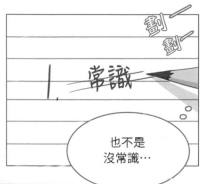

也不是
沒常識…

說不定
那傢伙身上
完全沒有文學
方面的感性。

當我呼喚
他的名字時，

他向我走來，
並變成了
一朵花。

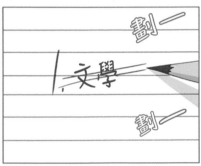

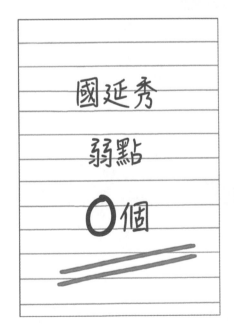

不可能!!!

生而為人怎麼可能沒有弱點!!

呃啊 啊啊 ...

振筆一

很好!雖然這有點卑鄙…

那個…

怎麼會勉強!!哈哈哈哈!

我的興趣就是運動!

快點開始拍攝吧~

明明整天都在睡覺…

小雄你沒事吧?

有好的畫面出來當然很棒,

但也不要因為是拍攝就太勉強自己。

一瞥

那麼就
開始吧！

一，

數到三，
誰先爬上去
誰就贏了！

二，

哦～
跟延秀在一起久了，
小雄話都越說
越好了呢～

延秀妳說
是不是…

火在燒！

噗呲呲…

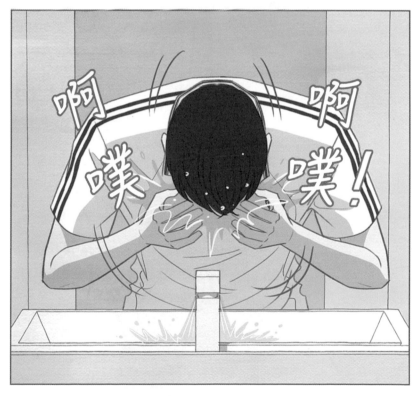

那年，我們的夏天

還是
放棄吧。

你根本就不是
國延秀的對手～

轉頭!

那是
作為朋友
該說的
話嗎?!!

不幫我
加油就算了
還這樣說!

你朋友
都變這副德性了!

真傷心!

一抖!

對了!!

朋友!

這麼一說，
國延秀好像總是一個人。
在教室也是，

午餐時間也是，

放學路上也是。

啊哈哈哈！
終於找到
國延秀的弱點了！

那種個性
當然會
沒有朋友！！

誰會
跟她做
朋…

看起來也不像是被排擠。

拿來！

呃！這週值日生是妳？

馬上要拿去交了！快拿來！

知道了，拿去拿去!!!

看吧!看吧!她反而還是取負人的那個。

轉！

被她抓到的話會很累。

絕對不會放過你。

比老師還可怕~

沒錯，根本就是鬥雞。

真的會很累。

沒錯沒錯。

點頭 點頭 =3哈...

走過——

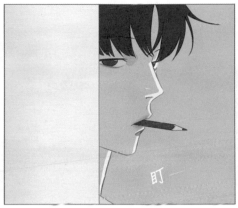

盯——

吵雜——

吵雜——

又被
借走了嗎？

那麼「人類不平等
起源論」這本呢？

那本也被
其他同學
借走了。

總是
晚一步呢～

唉…
那也沒辦法了。

辛苦您了。

那年，我們的夏天

我沒有輸給任何人過。

崔雄！

直到遇見那小子。

_延秀

Episode 5

哼!

我是
國延秀。

什麼金湯匙土湯匙
我是不知道啦。

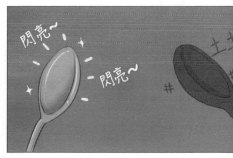

閃亮~
閃亮~

我從奶奶
手裡接過湯匙的
那刻開始,

奶奶的泡菜湯最棒!!

猛然!

這小子~

啪!

又借
這麼多嗎?

高一時

考試期間
這已經
算少了。

真的是
不簡單啊~

5月閱讀王

第1名-崔雄
第2名-國延秀

老師，
崔雄是誰呀？

他在那裡。

妳不認識
小雄嗎？

喂，崔雄！

你全校
第幾名？

我們學校
總共…

267 名。

267 個人！

我對崔雄的第一印象
就是「笨蛋」。

在那之後

再之後

當然也完全沒把崔雄當成
我的競爭對象。

拍攝
紀錄片嗎?

嗯~
我的學弟是
電視台的
導演,

接到節目邀約的時候,
我也沒在意那傢伙。

好像要拍
全校第一和
倒數第一的
校園生活~

拍這個
會支付
出演費嗎?

只想著如果
有出演費的話,
那奶奶就能少工作幾天了⋯

開始
拍攝之後，

唉…

該說是起了一點
惻隱之心嗎…

但是這時我還不知道。

現在

仔細看

嗯？

噠 噠 噠 噠

搜尋　善的世界 . 1. 西方哲學

可借閱

全部

	A	B		租借狀態
1				
2	No.	書名		租借狀態
3	234	西方哲學和神學的歷史：從人類思考層面衍生出的精神抗爭的歷史	約翰·弗里德 著	租借中
4	235	漫步西方哲學：從古希臘到現今以及未來，用故事來讀西洋哲學的歷史	傑里米·斯唐魯姆	可借閱
5	236	近代西方哲學	白忠賢 著	租借中
6	237	古典的開端 . [3]. 西方哲學	黃光宇	租借中
7	238	西方哲學，向道家問道	金景秀 著	租借中
8	239	有哲學的晚餐：西方哲學 50	李曉東 著	可借閱
9	240	東西方哲學音樂會，西方哲學篇	嚴政錫	租借中
10	241	笑容的哲學：西方哲學史中笑容的系譜學	曼弗雷德·蓋爾 著	租借中
11	242	西方哲學的接納與改變	李光來	租借中
12	243	西方的世界 . 1. 西方哲學與禪	高亨坤 著	可借閱

那妳求我啊。

被笨蛋反擊的話，
傷害反而更大。

叮咚～

叮咚～

上課鐘響了！

就是現在！

冷清～ 肅靜

喘！ 喘！ 喘！

老師！

真是的！
為了等
崔雄走，
都來不及了！

老師！
我要辦理
借書…

上課鐘響了。
快點回
教室去！

叮咚～

一下子
就好了…

噓！

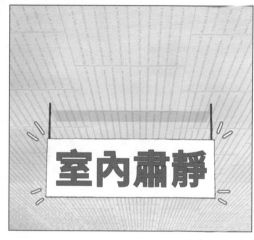

這場比賽
很顯然是我輸了。

竟然被那個
一臉白癡的傢伙擺佈，
白費了我寶貴的時間。

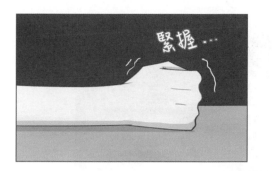

我認為成年之後就應該脫離父母的庇護，自己獨立。

過著自立自強的生活才對。

我最討厭那種給別人製造麻煩的人了！

我也最討厭那種不懂就亂說的人了。

這是在對我說的嗎？

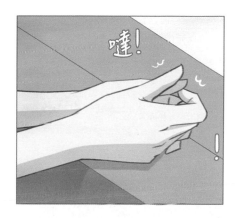

冷靜一點，
國延秀。

被那小子
繞進去就輸了…

還是放棄
跟崔雄用
借書來較量
比較好。

嘶一

什麼？

小雄那傢伙
從小就只對
兩件事
全力以赴。

書還有
畫畫。

那年，我們的夏天

雖然要他告訴我該注意什麼，

但我可沒説會乖乖注意！

_延秀

國延秀分明就是故意那樣的!!

_小雄

Episode 6

那年，我們的夏天

那年，我們的夏天

這小子，幹嘛那麼驚訝！

哈哈

你今天怎麼沒來吃早餐？睡過頭？

啊…就…

太棒了！你終於也有活得像人的時候！

噠…

噠…

走吧！

呃！

那年，我們的夏天

啊！
忘記帶
美工刀了…

不能
沒有啊…

遞一

用這個吧。

這是？

啊…哦…
好啊。
謝…謝啦。

為什麼忽然
這麼親切…

怎麼有點不安…

　那年，我們的夏天

哦…!!

今天手感很不錯！線條感覺也很好！

照這樣下去，看來能久違地完成了！

昨天

可以再仔細
說說嗎？

嗯⋯
就⋯

嘶

猶豫⋯

閃爍

之後還要
和雄一起
過一個月，

所以才想知道
有沒有
什麼要注意
的地方。

好像也沒
有什麼⋯

閃爍~

很小的事
也可以~

閃爍~

嗯…大概就是
覺得畫得很順的時候，
會變得比較敏感吧？

雖然要他告訴我該注意什麼
地方，但我可沒說會乖乖注意！

那個…
桌子在晃了…

啊，是嗎？
我沒發現！
抱歉。

厚臉皮→

今天就不跟
妳吵了…

呼

一瞥

特別是下雨天，
敏感程度可能會更嚴重。

志雄

那年，我們的夏天

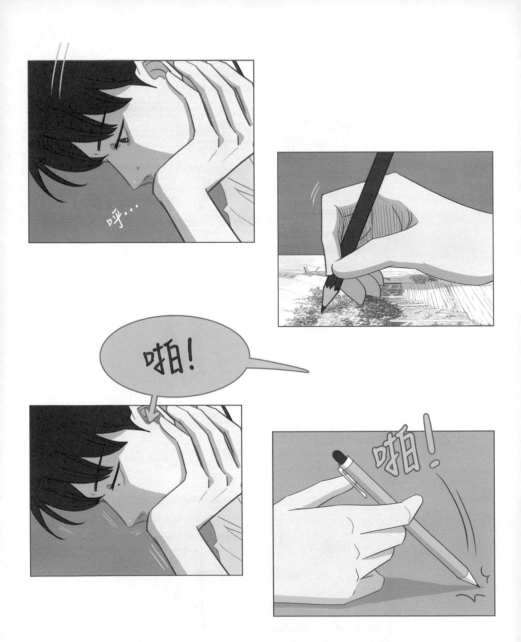

小雄是怎麼了？

不知道耶？

喂喂！你怎麼了？

呃啊啊啊啊啊！

崩…

潰…

國延秀一定是故意那樣的!!

說點我聽得懂的話！

我在畫畫，但她一直在旁邊干擾我！

突然在那邊一直抖腳！

哎呀～
好久沒有
這麼痛快了！

伸展～

一瞥～

不知道的人
還以為是什麼
了不起的作品呢。

明明就
每天都在畫
一樣的東西。
樹…建築…

他倒是真的畫得挺用心的。

哇~
這好像不是隨便畫畫的水平耶？

是嗎？

這個要拍起來才行。

倒數第一也有隱藏的才能呢~

不行。

導演，沒經過主人的同意就拍照好像不太對。

哦？

啊，對耶。

沒經過小雄的允許。

抱歉，我太貪圖畫面了…

果然會為小雄著想的就只有延秀了…

我才沒有！

讚！

好喔~

那年高級中學

♪~ ♪~

瞄

那年，我們的夏天

真的很認真呢，
一點都不像他。

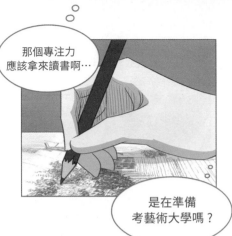

那個專注力
應該拿來讀書啊…

是在準備
考藝術大學嗎？

啊對了，
他上次說過不上
大學了吧？

盯

轉!

那年，我們的夏天

啊！抱歉…

你一開始就說清楚不就好了嗎？

_延秀

世界上喜歡、討厭的，哪能用簡單的話説明白，

也有無法説清楚的事情。

_小雄

Episode 7

那年，我們的夏天

那年，我們的夏天

導演，
不好意思，

我今天
就拍到這了。

小雄！！
等一下…

我去
看看他。

太白癡了…

頭痛…

竟然犯了這種
不像話的錯…

本來打算再折磨他
一下就收手的…

那年，我們的夏天

一瞥

那年，我們的夏天

那個…!

那年，我們的夏天

她…
也不是故意
要那樣做的…

而且畫畫
的事是我…

志雄啊，

我現在
覺得很累。

那個…

小雄今天好像沒什麼胃口…

我現在也要趕快回公司看看…抱歉…

現在想想，我很久沒有自己一個人吃飯了呢。

空…

哈！才跟那小子待在一起幾天就…

本來就煩得要死，這樣正好!!

小氣的傢伙…

崔雄？

我可以
坐這嗎？

哦…嗯。

不知道
為什麼總覺得
這件事好像也有
我的責任…

跟你有什麼關係。

是我利用你想要捉弄一下崔雄，

結果最後踢到鐵板。

他有時候也會對我那樣。

但是如果放著不管的話他自己就會消氣。

雖然可能要花點時間。

喂！崔雄！

我不是
已經跟你
道過歉了嘛。

就跟你說了
對不起！
我跟你道歉！

那年，我們的夏天

那年，我們的夏天

哈…

在這世上
有很多事是沒辦法單純
用喜歡、討厭
來表達的。

我到底為什麼
要畫畫，

妳是不會
理解的…

刺痛‥

唉一
算了吧…

我沒有力氣
跟妳說話…

如果不是
因為拍攝，

我才不會
跟你這種
逃避型人格
的人說話！

掠過！

　那年，我們的夏天

轉頭!

如果是因為
拍攝的話,
妳不需要
道歉。

因為我不拍了。

什麼?

反正妳本來
也沒抱什麼期望
不是嗎？

那也沒
想到你會
這麼差勁。

對～
隨便妳
怎麼想囉～

那年，我們的夏天

妳沒有朋友的原因。

心情為什麼這麼差…

崔雄那小子算什麼…

_延秀

我不是那個意思。

_小雄

Episode 8

導演，
這給你…

哦？啊！
謝謝你！

應該
我請你喝才對…

小雄他狀態好像
有點不太好。

他不是那種
會不說一聲就
缺席的人…

哈哈哈…

沒事啦～
拍紀錄片本來
就會遇到很多變數，
這點小事不算什麼～

哈哈哈…

反正延秀
今天也早退，
我也可以趁機
休息，多好啊～

紀錄片導演隱約有點像是極限職業呢。

哈哈,是不是在想這麼累的事幹嘛要做?

因為很有趣啊!

閃爍!

「人生就是一齣沒有劇本的電視劇」聽說過吧?

看了這麼多不同的人生之後,就會發現比一般的電影還有趣呢!

有時候也會
覺得其實我的
人生也不賴嘛…

而且也開始
懂得感恩～

啊！我是不是
話太多了？

有的沒的
都說了呢

你對這種話題
應該沒有興趣
才對…

真的
會有這樣想
的時候嗎？

嗯？

對於我的人生
感到感激的時候。

我終於
知道了，

妳沒有朋友的原因。

那年，我們的夏天

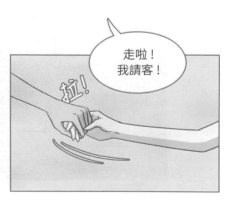

那年，我們的夏天

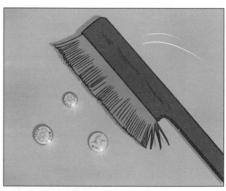

張望

香蕉牛奶

姐妹們…

延秀
她啊,

怎麼可以
連一次都不
請客啊?

可能是沒什麼
零用錢吧。

就算是那樣,
每天都吃別人的
有點那個吧。

真的很不怎麼樣!

那年,我們的夏天

我討厭
貧窮是因為，

沒有辦法給予別人
任何東西。

朋友對我來說
就是奢侈的童年時期。

在我的世界裡，
就只有我和奶奶。

成功之後和奶奶可以
不用擔心錢過日子。

那個
就是我唯一的目標，

為了實現這個目標，
一路艱難地走過來了。

所以我把所有不好聽的話
都吞到肚子裡，

就是這樣走過來的。

那年，我們的夏天

不是啊…
一直以來都覺得自己過得很好…

但心情為什麼這麼糟…

崔雄那小子算什麼…

那年，我們的夏天

好的～
次長!!

拍攝當然
是進行得很
順利啊～

啊!
導演?

孩子們不知道
有多乖啊～
哈哈哈!!

那年，我們的夏天

那個，

昨天是我太過分了。

說不拍攝只是我一時說的氣話。

那個⋯
這段時間妳應該也知道⋯

咳咳

我就是做什麼都慢一拍，需要比較多時間。

我那不是在對妳生氣⋯

那年，我們的夏天

　那年，我們的夏天

請慢用～

謝謝～

安靜⋯

嗯嗯。

這麼一看，
還是第一次在
沒有相機的時候
吃飯呢⋯

唰
到！

盯⋯⋯

嗖

lie

我也是
走這邊。

不是在
跟著妳。

我說什麼
了嗎？

那年，我們的夏天

來~

小辣的
要放在哪？

鯷魚麵　4000
宴會麵　4000
拌麵　　5000
　　　4000

年糕
馬鈴薯

初夏
麵館

啊！請放在
她那邊。

明明每天都在
打瞌睡又是怎麼
知道的。

總之
就是奇怪的人。

另一邊…

對了！
這麼說來，

我好像還是
第一次被人家
請吃飯呢？

志雄不算…

難怪感覺
比平常
還好吃…

因為越努力，能選擇的路就越多，

光是想像就覺得心情很好。

_延秀

一般來說，選擇很多不會很煩嗎⋯

我更喜歡單純地勇往直前⋯

_小雄

Episode 9

怎麼回事…

這過於舒爽的感覺…

要遲到了！

跳起！

嗯？

沒有遲到啊？

甚至比平常還早起來！

啊！這麼看來，

這還是紀錄片開拍以來第一次沒有做惡夢耶!!!

天啊!

金志雄~!!

睡得好嗎？
哦~是咖哩!!

嗖!

那年，我們的夏天

輕飄~

咳!咳!

哪有怎樣啊
你這小子～

好好吃
你的飯吧！

那年，我們的夏天

那年高級中學

導演
早安啊!

哦~
小雄!!

昨天後來
怎麼樣了?

聯絡不上你,
我很擔心呢~

那年，我們的夏天

喂！

人家在跟你打招呼，妳～ 小聲…

考試期間

安靜...

真是的…
猛讀一個禮拜是
能改變什麼啊…

呆…

一瞥

炎熱ーー…

書讀得太好的話，是不是會有點精神不正常啊？

你在說什麼啊？這麼突然？

沒啊～大家不是一到考試期間就拼命唸書嗎？

光看就覺得很累…

就像一群
耗盡力氣後，
擠進終點線的馬拉松
選手一樣…

看了覺得
很心酸呢~

但是她就
有點不一樣，

該說是站在賽車
比賽起跑線的感覺嗎？

哇

啊

啊

啊

啊

啊

那個表情就像已經拿過
100 個獎盃的冠軍一樣。

一點也不覺得緊張，
反而還很興奮？

誰啊？

你該不會
是在說
國延秀吧？

不然
還能是誰～

那傢伙
真的
很神奇耶…

那年，我們的夏天

那年，我們的夏天

那年，我們的夏天

那年，我們的夏天

唧

那個就是啊，

嗯..

我剛剛發現一件真的很可怕的事～

我們班有個人是一邊笑著一邊讀書的。

噗哧—

哦？
沒生氣耶？

全校第一
的話，應該是
覺得學習
很有趣吧？

準備入學考試
才不有趣呢。

只是因為
越努力才有更多
的路可以走，

光是想到這個
心情就會很好。

導演也很
稱讚你。

我覺得不管
是什麼，最後
都應該要看到努力
的成果才行。

哦？
這句話，

是表示妳肯定
我付出的努力嗎？

那年，我們的夏天

那年，我們的夏天

跑操場
3 圈！

輸的要幫
贏的背書包，
如何？

不要做這些
沒用的事！

轉！

沒信心的話
就算了！

轉！

=3
唉…

那年，我們的夏天

 哎呀?

他到底為什麼那麼喜歡一天到晚睡覺⋯

不覺得時間很可惜嗎⋯

真的很沒用⋯

_延秀

哪有變親近，都是為了紀錄片能好好呈現，我才犧牲自己的。

應該說是，讓一起拍攝的同事學習社會化吧？

_小雄

Episode 10

那年N工作室

呦~東日導演

今天不用
拍攝嗎？

孩子們要考試，
所以打算先剪輯一下~

那年，我們的夏天

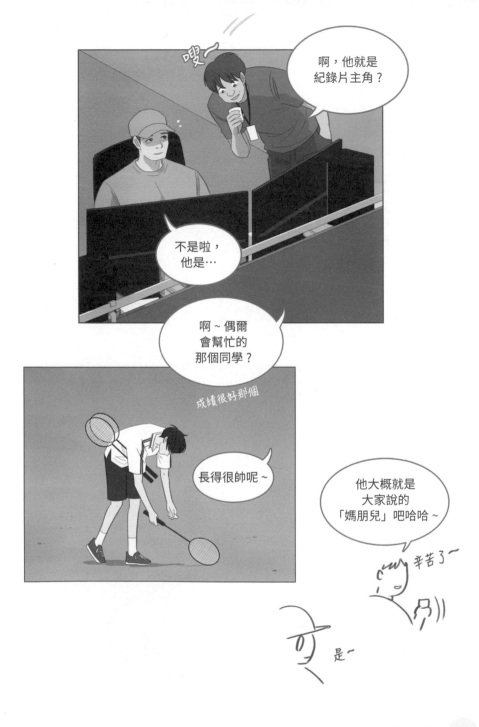

真的會有那麼
想的一天嗎？

對我的人生
感到感恩的那天。

嗯...

那年，我們的夏天

金志雄！
幹嘛？
還不走啊！

啊，哦。

今天考試所以
緊張了嗎？

唉呦就算
考砸了又怎樣~

我才不想從倒數
第一的嘴裡聽到
這種話呢。

嗖！

悄悄…

那年，我們的夏天

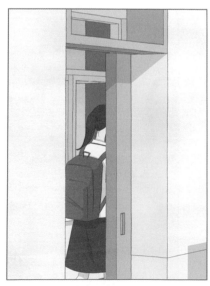

那年，我們的夏天

好像是今天有另外的拍攝吧？

啊是嗎？

也是啦，崔雄怎麼可能跟國延秀，太瞎了，哈哈。

快走吧～

那年，我們的夏天

那年，我們的夏天

那本書
以你的水準
來說應該滿難的，

看不懂的話
就趕快歸還！

轉！

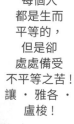

每個人
都是生而
平等的，
但是卻
處處備受
不平等之苦！
讓・雅各・
盧梭！

喪失了人類
本來的純粹性，
因為錢、權力、
成績等社會所訂定
的標準，平等的權利
被否定，生活在這
險惡的世界上，

那年，我們的夏天

唉～
真不想
回家。

撲騰！

我也是～如果說
我考砸了的話，
連飯都沒得吃。

真好啊
金志雄～

你應該一回家就有
豐盛的飯菜在
等著你吧～

哈哈，
快回家啦～

他又要哭了

明天
見啦～

嗚喔
喔～

5F

KTV

我回來了…

那年，我們的夏天

冷清

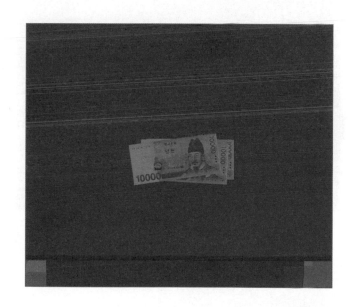

那年，我們的夏天

點頭

唉呦…

不出
所料啊。

瞥

那年，我們的夏天

那年，我們的夏天

那年，我們的夏天

那年，我們的夏天

哇~金志雄~
看來 KTV
很有趣呢~

累到都渾身
癱軟了呢~

慢吞吞~

沒有我倒是
玩得很開心呢？

我早上，

看到你
媽媽走了。

太久沒見了，
一開始沒認出來…

啊…

反正
本來就是
隨心所欲，
來了又走的人...

一直都是那樣，
所以我現在
也覺得沒差了。
我也不是
什麼小孩了...

嗯_

不過，
你跟國延秀
關係好像
變好了？

不用拍攝還
待在一起。

那年，我們的夏天

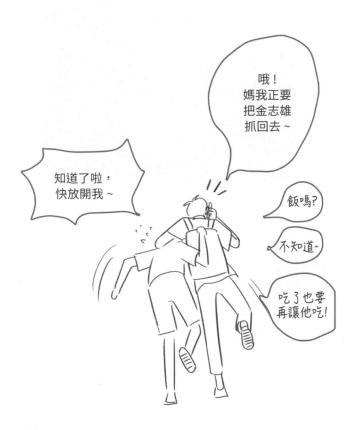

另一邊···

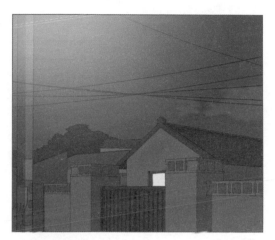

刷牙〜 刷牙〜

農會

啪

抽

動〜

睡得好嗎？

高寶書版集
gobooks.com.tw

YS021
那年，我們的夏天　喜歡的初夏（上）
그 해 우리는 – 초여름이 좋아

作　　者	韓景察	
原　　著	李那恩	
責任編輯	陳凱筠	
封面設計	莊捷寧	
內頁排版	莊捷寧	
企　　劃	李欣霓	

發 行 人	朱凱蕾
出　　版	英屬維京群島商高寶國際有限公司臺灣分公司
地　　址	台北市內湖區洲子街88號3樓
網　　址	gobooks.com.tw
電　　話	(02) 27992788
電　　郵	readers@gobooks.com.tw（讀者服務部）
傳　　真	出版部(02) 27990909　行銷部 (02) 27993088
郵政劃撥	19394552
戶　　名	英屬維京群島商高寶國際有限公司臺灣分公司
發　　行	英屬維京群島商高寶國際有限公司臺灣分公司/Print in Taiwan
初　　版	2022年8月